꽃수레 기도잎

이채현 시집

꽃수레 기도잎

경진
출판

차례

제2부 사랑지기

제3부 숲

제4부 님이여

제1부 깊은 사람이 좋다

외딴곳 어느 성당

적요한
등(燈)

벚나무
꽃잎

흩날리는
속내

고해소 안
기도

늘 애련하신 분
당신께

모두 흐드러지다 떠나가는 거
지상을 떠나간 뒤태는 사랑(agape)으로 해석될 거

마당 가득
하늘 가득

꼬박 새벽 문 앞에 놓인 전갈인가요

고단한 삶
겨울 같네.
그때 왜 몰랐을까. 꽃망울에 고초 짙어지고 갈 앞날
그때 봄 따라 졌더라면 수많은 봄이 봄이 아님을 몰랐을 텐데

파리한 꽃잎의 목숨에 지금, 한데 당신을 조금 알아버렸네.
매달려 못 박힌 십자가에서까지 곡진한 당신, 인간이 무엇이기에
꽃잎핏방울로 진 이
봄 눈[1], 아가 이(齒)처럼 피어나고 있습니다.

1. 눈: 새로 막 터져 나오려는 초목의 싹

함박웃음

꽃이 좋아요.
예쁜 마음
그럼 꽃을 바라보렴.

나무가 좋아요.
수려한 품격
그럼 나무를 바라보렴.

하늘이 좋아요.
비취빛 그분
그럼 하늘을 바라보렴.

화들짝
피어나는 나뭇가지 위 꽃송이송이 사이 하늘
천사가 되는 우리

깊은 사람이 좋다

깊은 사람
겨울 묵묵히 봄꽃 와 있듯
언젠가 건넨 언어들 무르익어 도착해 있는

깊은 사람
봄 초입 실가지인 듯
피우는 여린 잎 단단히 자라게 감싸 안는

깊은 사람
떨리는 잎 사이인 듯
나직이 이는 흔들림에 본질을 보려 섬세한

깊은 사람
강물이 흐르듯
침묵서 새 길 길어 올려 같이 가자 어깨동무

깊은 사람, 당신 또 누가 있더라.

고목

강물에 서 있는 나는 가만히 서 있는 걸까.

청목(靑木) 가지와 잎과 그늘
무거움 무성히 자라며
서 있다.

꽃이 지다

아버지
어머니

땅서 썩은 밀

붉음 몸
하양 맘

영산홍 후드득

가시다가 돌아보고

차마
못 떠나는

너머

슬픔이라는 거

흐르는 강물처럼 이라면

흘러가는 것은
흘러가는 대로

그럴 수 있을까.

변하는 사계처럼 이라면

변해가는 것은
변해가는 대로

그럴 수 있을까.

벚꽃 드문드문 잎이 돋아나고

길

산다는 건
한 그루 나무에
당신

사계

섭리로 흐르는
모르는 순명들

꽤나 힘들었는데

함께하신다지요.

미지의 길
흔들릴수록
당신 만나는

꽃비

먼 여행 갈 때
제 지상의 시집
갖고 가겠습니다.

그리고 옆에 앉아
읽어 드릴게요.
금방 아실 거예요, 어둠

그럼 저는 물을 거예요.
당신의 뜻은 무엇이었냐고요.
꼭 듣고 싶다고요.

가시밭길
바위돌길
피는 꽃이라 온 것이었냐고요.

사랑 그리고 희망

영혼의 뜰
마른 모래
파삭파삭 나뭇잎

살아가야 할
이유를 찾는다면
님

긴 밤
길 찾으려 찾아 별빛 샛길
구유 한 아가 지상서 개화

새순 숨
꽃보라짊 가난 모욕 업신여김
새 열매

피어나신
당신이시여,
당신밖에 없습니다.

오작교

당신이 제게 찾아오시면
검은 눈망울에 가득 고인 눈물을 보여드려야 할 것 같은데
괜찮으시겠는지요.

지상에서 저는,
겨울나무의 겸허를 배울 것이고
봄 길목서는 꽃송이에 경탄을 뿜어내며
녹빛 진한 여름날에는 그늘이 되어주겠습니다.
가을이 오고 있네요. 지금은 초입이라 햇살만 익어 노랗습니다.

당신이 제게 찾아오시면
매화나무 아래 다정히 서 점점이 꽃 붉은 향기에서 웃으려
괜찮으시겠는지요.

저녁 기도

눈동자에서 묻어나오는
깊음
사랑하는 이여,
귀 쫑긋 세우고 멈춰선 본향에로의
귀의
얼굴꽃이 열려요.
동백꽃잎인 듯
환히 웃네요.
동백나무인 듯
따라
희망
가난한 세상
수도원 기도

꿈

하늘
고요한

두메산골
봄날

산 반듯한 바늘잎나무
들 온유한 넓은잎나무

교교히 비추는
별빛 달빛

아침
꽃망울에 살포시 이슬

당신으로 인하여 피고 지는 생으로
당신 향기 나는 표양이고 싶습니다.

아침길

흰빛

볕살

허공에

낙하하고 있는

이고

나비

나풀나풀

화단

옷깃에

나려앉고 있는

강

병아리 같은 볕이 마루에 들어왔어요.

먼 노란 창호지문 열면
봄날의 정원
아버지 엄마 언니들 함박꽃
나뭇가지에 열려 웃었지요.

흐르고 나리고 지고 울고

산책길 초여름
봄꽃 이미 떠나가고 없는 거
확 베어 나오는 초록나무 내음
장미 담벼락 따라 꽂혀 선홍 계절

사월

보물 같은 연(緣)
목숨 같은 꽃

꽃잎 한 장 지고 나면
그것만, 당신 모르겠는

안는
노란 달빛

금빛 새싹
돋는

당신의 화원에서 다시
꽃무리 피어날 거라.

초록 향내 은은한
정원수 기도드리는 밤

목련화

모퉁이
나무

묵묵한
엄마
생각

백자
꽃잎
설운[1]
이슬
읽고
반달
기도

엄마
고마워
사랑해

1. 기본형: 섧다

한데 사막에 가고 싶어

자그마한 참새가 날아 앉았다 포르르 날아간다.

진심, 살아내야 하는 무게는 두꺼워
고개 들 수조차 없이
그걸 우리는 살아내야 하니까

가식의 줄줄이 줄기를 생산치 않는 머리
허구로 일관된 언어를 남기지 않는 입가
해석에 여지의 의혹을 건네지 않는 몸짓

먼 길 여린 노란 햇살이 아침에 스며든다.

겨울 아래서

네 안에 있는 빛이 어둠이면 그 어둠이 얼마나 짙겠느냐[1]

그렁그렁
애써 참는 울음기도

직조하시는
침묵

등(燈)을
주세요.

나
맘[2]

가녀린
빛줄기

금어초(金魚草)[3]
가꾸어가겠습니다.

1. 마태 6, 22~23('눈은 몸의 등불' 참조)
2. 맘: '마음'의 준말
3. 금어초(金魚草): 꽃이 금붕어를 닮은 데서 붙여진 이름이다. 화사한 색과 아름다운
  모양을 지닌 꽃이지만 시들면 해골과 비슷한 모습으로 변한다. 늘 새로운 빛으로
  탐심을 경계할 것을 함의한다.

기도

성당 오는 길
심연

십자가 아래서
감실 앞에서

아무런
말없이

하염없이
적요하게

문득문득
당신이 있어

꽃지게 지고
성당 문 나섭니다.

제2부 사랑지기

봄비

가문 나무에 단비가 옵니다.
다시 살아난 초록 잎입니다.

당신 없이 살 수 없는
몰랐답니다.

사랑 없이 살 수 없는
그렇습니다.

사람 없이 살 수 없는
모르겠습니다.

그리고 모두 기도하였어요.
점점 푸르러지는 고해성사

강물

봄날 벚나무 꽃보라 질 때
무심히 밟고 지나쳐 버린다.

언뜻언뜻
그렇게 강물처럼 흘러간다.

지상의 물결을 역류한 예수 그리스도
십자가 역설적 사랑은 영원한 생명꽃 피우신다.

어머니,
강물에 실린 작은 꽃잎은 어떡하지요.

당신은

긴 기다림으로 오시려는지요. 조락의 계절이 다가옵니다.

지상에 길들여진 일상의 수틀에 당신은 늘 뒷면의 헝클어진 실

밤마다 뉘면 나무 그림자에 깃든 들꽃 몇 송이 당신 만나는 얼굴들

기도드리겠습니다. 헤아리겠습니다. 섬기겠습니다. 당신 하라 하시는

하늘논밭

나무껍질 같은
손으로
다독여 주시던
엄마

어느새
엄마 닮아버렸네.
섬섬옥수 같아
부끄럽던

성체 모시려 내민
가시나무 같은
노공(勞工)에
울어버리셨다는 신부님

당신 계신
하늘나라 갈 때
나무껍질 같음 보여드리면
봐주실까.

희생

풀잎 한낮 걷어차는 발길들
툭툭

져감[1]

응시
사람 좋은 누군가 사랑 낳아

　　　　*

속으로 우는 하얀 꽃가지들
뚝뚝

화전(花煎)[2]

너머
영원의 향연에 초대해 주세요.

1. 기본형: 져가다
2. 화전(花煎): 꽃잎을 붙여 부친 전

당신은 저를 사랑하십니다

자캐오야, 얼른 내려오너라.
오늘은 내가 네 집에 머물러야 하겠다.[1]

예수 그리스도를 만난 자캐오,
예수 그리스도에게서 처음 받아본 사랑 그윽한 눈빛

긴 기다림으로 오는 순수의 빛살은 눈부십니다.
따사로운 한 마디에 웃음 터뜨리는 꽃잎입니다.

당신의 원(願)이라면 자캐오의 심지,
빈자에 나눔과 환대를 부정(不正)에 회복을 다하겠습니다.

지나시는 당신을 보려 저도 돌무화과나무로 올라갑니다.
그렇게 만나고 피어나고 자라고 싶은 심지

예수 그리스도, 오늘 저의 집에 머물러 주십시오.
덜 익은 푸릇한 마음 내어드릴 수 있겠습니다.

1. 루카 19, 1~10('예수님과 자캐오' 참조)

생명나무

태초부터 제 생명나무

목수이신
예수 그리스도가
만들어 가십니다.

헛가지
다듬고 보듬어
살아나게 하십니다.

나뭇결향기
공명(共鳴)으로
은은하게 하십니다.

당신은 제 안에 스미시고
저는 당신 안에 스밉니다.

그리하여 기쁨 푸른나무

기도 그릇

가난의
기도 그릇

산길 야생화
이슬이 한 공기

삶입니다.
시집이 한 권

눈동자에 당신들
고개 숙이는 밤

섬 같은 사람
푸릅니다.

봉헌주머니에
드립니다.

담쟁이

당신 곁에 다가가려고요.

아지랑이에 살짝 기대었어요.

십자가 위 당신:

반짝이는 눈물 닦아드려요.

짓이겨진 검은 상흔일랑 아물어 아름답고 푸르게끔, 벽이 높아 지난하더라도 샛길은 또 샛길로 이어지고 길이 생기는 거 한 걸음 먼저 내딛어요. 멈추지 않고 시치지 않고 꿈길까지

옥석을 보석으로

옥석을 보석으로
심안을 가진 침묵

옥석을 보석으로

색동초롱 밝혀든
고움[1]하늘가지

*

옥석을 보석으로
담금질 하는 침묵

옥석을 보석으로

하얀 수련 펴든
밝음 한낮 연못

1. 기본형: 곱다

사랑지기

곧으려

꽃길이었어도
가시밭길이었어도

고개를 흔드시네.

포도밭을 경작하십니다.[1]

자비당신

하여주시는
하여주시는

받아주시는
받아주시는

나무예수에 가지저희
열리는 열매사랑포도

1. 요한 15, 1~17('나는 참포도나무다' 참조)

장미

여름 서늘한 저녁 창 밖 나무에서 구슬 같은 음률의 노래하는 새들. 수많은 소음을 뚫고 오는 지저귐이 마음에 닿는 거예요.

새 같으면. 이런 마음이면 싶어요.

마음속 일렁이는 잎들이 돋은 새 잎, 살랑살랑 연두잎이었으면. 여려 강인함이 애써 살아내는 대참 말고 고운 본성 그대로, 그랬으면

더 깊음 더 너름에 닿는 데

사이사이 기도문을 읊조리며 십자나무 가지가지를 날아다니어 담는 빛은 예수 그리스도 그 길, 인간을 위한 사랑이었던

은하수

발이 부르트고
날개가 상처인
어둔 밤 연유:
희화화된 무기력한 선
상상에 나올 듯한 세상
깊고 너른 어두운 지평
굵은 핏줄 불거진 군중
이 싱그러운 계절
울먹울먹 울어버렸네.
당신 매달리신 십자가
가슴팍에 얼굴 묻고
참포도나무 향기로 안으시네.
애야,

오고 있는 봄

오늘 왜 이리 스산한지
닫힌 일상에
낯섦이
마음 한 곳을 툭 건드린다.

어떻게 맞을까.

패이고 갈라진 지구라는 나무
꽃삽을 들고 거름을 주는
우리에게서
가녀린 줄기마다마다에 생명이

기다림 배워요.

근원의 치유를 구하여
그것, 자비
상흔의 지구 뿌리에 닿아
건강히 어느 가지에도

순례

오솔길
까슬까슬한 흙길
묵묵히 걸어가고 있는데
길섶
까칠까칠한 풀잎들이 성하게 우거져
막다른 골목
좁은 문
한여름
담쟁이덩굴 타고 오르네.
하늘가(街)

바구니

무지개문양 매듭

보라 달별입니다.
　　　희망
남색 섬입니다.
　　　고독
파랑 산야입니다.
　　　환대
초록 풀잎입니다.
　　　생명
노랑 이슬입니다.
　　　슬픔
주황 진주입니다.
　　　고통
빨강 당신입니다.
　　　사랑

가난한 사랑바구니입니다.

분홍 철쭉꽃무리 미세한 떨림, 담으라 하십니다.

나무 사이 하늘

천국의 정원 고요히 거니실

간밤
날아 앉은
하얀 학
그리움께
카네이션 꽃송이
드립니다.
멀리 오시느라
어떠셨어요.
진달래 개나리
속으로
걸어 걸어 오셨어요.
풀꽃은 보셨어요.
옥빛 그리움에
한 땀 한 땀 수(繡)
기도드려요.
영원한 생명의 기쁨
벌써

아침

꽃잎 사이 하늘

여름 지나 가을 그리고 겨울
지금은 봄의 문턱
함께
뽀얀 기억 덮인 유품

그리움 깊어 아픈 밤 훌쩍이며
은빛 국화꽃다발
안고
엄마 계신 곳으로 가자고 하면

수많은 잔상들 낙화로 쌓여
성당 가는 길
꽃길
울 엄마 함께 걸어가는 길

그리움이란 단어

거울 안
바라보며
훗날 어느 날
이 지나가는 지점이 막 그리울 것 같은 생각

점점이 순간 꽃수레

우세요.
그리움은
꽃보라
존재의 허기를 날아다니다 하늘로 오르는 거

움트는 새하얀 기도

철쭉꽃잎

　겨울 초입의 빈 나뭇가지 사이사이로 당신들이 보입니다. 느지막한 석양에 해 지기 전 챙기려 합니다. 그건 사랑

　지상에서 함께한 귀한 인연인 당신들이 스미어 붉은, 철쭉꽃잎을 기억하겠습니다. 햇빛에 환히 빛나던 잎새인 당신들 마주하며 보듬던, 나무도 담겠습니다. 새 언덕길을 먼저 오르신 그분의 향기 안에서, 그 길을 따르며 향기 나는 꽃으로 나무로 머무르고자 다독인 우리들을

　천상서 만나면 아가 같은 노란 떡잎이 되어요. 나무서 막 돋아나는 봄을 속삭여요. 새롭게 자라는 누리 생명의 꿈을

제3부 숲

단비

온종일
비가 온다.
하늘 곳간에서

걸핏하면
눈물 난다.
당신 계심에서

살아있는
하늘나라의 수(繡)
당신은

향기 속에

겟세마니 언덕서
땀방울방울
기도드립니다.

제 마음밭
당신 따르고자 당신 등지고자
수십 년

제 십자가
짊어지고 오르는
골고타 언덕에 당신

처연히
죽으실 것 같음에
살아내시고 있는

생명의 강에서
하아얀 꽃송이
담으며

샘

꽃밭 다정함
수풀 묵연함

꿈,
목마르지 않는 두레박질

주시고 또 주시는
주시고 더 주시는

사랑은 샘터
하늘이 고인

은하수 속 흐르는 푸른 둥근
님

은총

주신 선물

빛 당신은

생명 당신은

베들레헴 마구간 당신은

겟네사렛 호수 당신은

산 당신은

외딴곳 당신은

겨자나무 당신은

겟세마니 언덕 당신은

산딸나무꽃 당신은

비둘기 당신은

님 당신은

영원 당신은

산딸나무꽃[1]

봄을 떼어낸

밤
나무서

토닥토닥

빈 가지
하양꽃잎

동글동글

길 위
점무늬

오신 먼 달

1. 산딸나무꽃: 백색의 꽃이 십자 모양을 이루고 있다.

꽃샘추위

풋풋한 청춘
한 입 베어 물면 설익음

순간에 충실한 순수
초입서 못보는 앞길

익기까지
침묵의 세계

길은 이어져 가시덤불길 수풀
허공 조탁하는 새 하나 옹알거린다.

잔디밭에 뿌려진 하늘빛 별꽃
햇살이 등을 굽혀 바라다본다.

숲

십자나무 못들이 주렁주렁 박힌
십자나무 지구에 심어주고 떠난

푸른 부활의 아침이에요.
당신의 아드님 보낸 대낮 용서에 깊어가며 흐느끼는 봄밤 용서

십자나무에 진홍빛 저희들 묵도
가슴마다마다 꽃망울

노랑 달맞이꽃
파랑 애기별꽃

되살아나신 빈 무덤[1]에서
깨친 믿음으로 영원을 꿈꾸겠습니다.

엠마오[2]로 낙향하는 여정에서
뵌 현존으로 말씀을 살겠습니다.

박해의 길 다마스쿠스[3]에서
호명된 회심으로 증언을 선포하겠습니다.

1. 요한 20, 1~10('부활하시다' 참조)
2. 루카 24, 13~35('엠마오로 가는 두 제자에게 나타나시다' 참조)
3. 사도 9, 1~19('사울이 회심하다' 참조)

촛불

밤에게
꿈이 있냐고 물었어요.

밤은
슬픈 사랑 중이라 했어요.

세상의 지붕 아래
쓰러져 자는 처연한 사람들 머리맡에 빛을 놓아두고픈

밤은
자신이 어둠 속으로 깊어질 때 가능함을 압니다.

밤은
하현달처럼 비우며 웃었어요.

들녘

연보랏빛 들국화다발 드립니다.
스크래치(scratch)[1]만 드렸지요.

거칠고 서툴고 투박한
설익은 사람들인 게지요.

높고 푸른 하늘 흰 뭉게구름
속 관대함의 미덕, 당신

하얀 둥근 박 익어가고 있는
너른 깊은 맘 아스라한 꿈결

어둠에 있는 이에 가슴 아픈
그 사랑 읊조리며 진정 살려

1. 스크래치(scratch): 긁힌 자국

시 나무

절망이 인생을 삼켜버리려 아득한 불안
시 한 구절에
파도[1]

짝사랑 많이 해보라 하시는 교수님 말씀
연시 한 편에
향유[2]

새벽이 오는 것이 무섭다는 아낙의 노동
화살기도[3] 한 권에
멍에[4]

인생, 이 고귀한 세계에 이 뜨거운 마음에
나뭇가지의 청아한 붓끝으로 꿈꾸려 한다.
사람을 사랑하시다 가신 예수라는 청년을

1. 마태 8, 23~27('풍랑을 가라앉히시다' 참조)
2. 요한 12, 1~8('마리아가 예수님의 발에 향유를 붓다' 참조)
3. 아무 때나 순간적으로 하느님을 생각하면서 마치 자녀가 부모에게 매달리듯 그때 그때 느껴지는 정(情)과 바라는 생각대로 바치는 기도를 말한다.
4. 마태 11, 28~30('내 멍에를 메어라' 참조)

고해성사

아이 후, 마음은 늘 오그린 선잠을 잔 듯합니다.

삶은 험난한 산이었습니다. 휘몰아치는 역풍도 잦아들지 않고, 기나긴 고독의 서늘함도 사라지지 않고, 청아한 순수의 진정성도 스며들지 않는. 더 불모의 바위산이 되어 갑니다.

당신께서 이끄십니까.

당신으로 지어지는 순백의 산이게 하십시오. 어둠일랑 깨어나는 새벽과 어우러지며. 또 주시는 오늘, 은빛 산정(山頂)에 올라 하늘을 먹고 하늘을 담아, 하늘을 심는 내어줌이게 하십시오.

거리라는 거

숲속으로 들어가 버릴까.
거기서 언어로 집 지어 새들이랑 살까.
많은 집을 지을 거야.
수십 편의 집
숲은 한 권의 시집이 될 거야.
새들은 따라 옹알거리며 읊조릴 거야.
당신으로 가득한 속내,
숲은 신성한 성전이길
이웃은 어디에 있느냐 하시면
슬픈 고해성사를 보겠습니다.
사람과 사람 길에 꽃나무:
늘 새로운 거리(距離)¹라야 한다는 거

1. 거리(距離): 두 개의 물건이나 장소 따위가 공간적으로 떨어진 거리

개화

쌀 같은 싸락눈
성난 듯 쏟는다.

이후

꽃 같은 함박눈
탐스레 내린다.

　　　*

한 그루 수선화
뿌리 깊은 자아

심연

나풀나풀 꽃밭
노란 꽃잎 몰아(沒我)

그런 사람

하늘나라
꽃밭

그리스도
향기

자아의 무화(無化)
타자에 개방(開放)

이 사람에게
보이는 사람

누리
꽃들

다채함
고유함

예수 그리스도 때문
그 사람 사랑 때문

사슴

해바라기
회심샘가

지난했던
필부(匹婦),
당신 그리움
당신 살아냄
당신 기억함;
얼음 녹이시듯
기뻐 웃는 세월

트이는 뜨락입니다.
트이는 들판입니다.
트이는 하늘입니다.

온전히 맡겨드림이 삶의 지향임을 생각해요.

렙톤 두 닢[1]

낮은 데
참사랑
한들 들꽃

가난이 아니었습니다.

꺾임이 아니었습니다.

마름이 아니었습니다.

밟힘이 아니었습니다.

어둠이 아니었습니다.

빈 마음
깨치시는
당신 몰랐더라면

1. 마르 12, 41~44 ('가난한 과부의 헌금' 참조)

여름 강가에서

초록 푸른 나뭇잎들이 반짝이며 일렁입니다.

하루하루 지나가고 있는 것 나뭇잎은 알까요.

나뭇잎들 미세한 차이 볼 수 있을까 싶지만,

순간순간 많이 보아두려고요. 곧 갈 거잖아요.

나무는 곱게 물들여 아름답게 보내 주려고요.

여름 이른 저녁

가을이 묻어나옵니다.
저녁이 서두릅입니다.
침묵이 무르익습니다.

여름이 걷다가 이른 지점:
태양의 그 뜨거움으로 상혼이 생겨버렸습니다.
의지는 당신의 뜻 앞에서 무력함을 배워왔습니다.

당신으로 삶의 의미가 있음이며 또 길을 나섭니다.
가을 짙어가며, 비워주시는 채워주시는 들판의 당신이 제게도, 그리고
감사의 기도를 준비합니다.

채비

초입
바빠지는 마음

10월 거리에
푸른 나무들

붉게 익어야 할 잎들
곱게 닿아야 할 영원

갈 길 어깨에 짐
당신께 드리우면

단풍 나리고
설화 나리고

시리도록 말간 하늘에 묻힐
청아한 겨울나무

백합꽃

너머의 문 앞에서
숱한 날
당신이셨을
한 송이

인간의 품격을 고통 속에서도 발현하시는
모상
지근에서 바라보며 꺽꺽 울었다.
나뭇가지 오가며 울어대는 까치처럼

아름드리 새기신 사랑꽃향기는
들녘을 유영하고 있어요.
지상에 오셨다 가시는 이유일
위대함

제4부 님이여

숲속

멀어져가는 뒤태 보고 나, 참회의 복잡함이면 어떡해
용서 청하지도 못한 이파리들 뚝뚝 떨어지면, 어떡해
밖에 있었나 봐.
나만 보았나 봐.
그래서 몰랐나 봐.
숲속 깊어가는 침묵의 계절이 오고 있다는 거
네,
생각해 그리고 기도해
숲 겨울 안 봄이 있다는 거
햇살 익어가는 겨울 보폭으로 이른봄 걸어와요.

남겨진 군인의 독백

평화가 부서진 어둠에
분명 오셨을 당신으로

당신에 대한 기도가
선과 악의 내밀한 다툼에서
선이 심지이게 하소서.

당신에 대한 소망이
희망과 절망의 환원적[1] 갈등에서
희망이 뿌리이게 하소서.

당신에 대한 행동이
사랑과 증오의 지난한 전장에서
사랑이 아이이게 하소서.

새벽하늘 파르스름한 샛별 보아요.
영원한 생명이 참 그리웠어요.

---

1. 환원적: (철학) 잡다한 사물이나 현상을 어떤 근본적인 것으로 바꿈. 또는 그런 일

진실

침묵은 침묵이지 않는 거

어디에선가 언젠가 꽃 필

비바람 열고 눈보라 녹고

봄햇실 안고 가을볕 업고

기쁨

날카로운 나뭇가지
컴퍼스(compass)[1] 같아요.
둥근 원을
그려주는 거예요.

나뭇가지
곧게 자라가며
너른 원 커가겠지요.
당신께 닿겠지요.

나뭇가지
곰곰이 생각해보면
예리한 정의지요.
더한[2] 자비지요.

1. 컴퍼스(compass): 그리려는 원이나 호의 크기에 맞춰 두 다리를 벌리고 오므릴 수
   있는 제도용 기구
2. 기본형: 더하다(정도나 상태가 더 크거나 심하다)

정원

나날 가꾸시는

마음이 가시덤불
마음이 돌밭
마음이 길
뿌리신 당신 말씀 살고 있지 못 합니다.

너는 나를 사랑하느냐.

거대한 뿌리 깊은 질문

기도봉오리 맺힌
어렴풋이 느끼는 당신 현존(現存)입니다.
당신 말씀 살아내는
좋은 마음 될 터

나날 봉숭아꽃 손톱

아스라한 뭔가를 꿈꿀 수 있는

온몸
신열을 앓고 있는 지상

무지개를 꿰었습니다.

새벽
수놓기를 시작할 겁니다.

늑대가 새끼 양과 함께 살고
표범이 새끼 염소와 함께 지내고
송아지가 새끼 사자와 더불어 살쪄가고
어린아이가 그들을 몰고 다니는[1]
풀밭

사랑:
엶, 비움에 늘 다름의 방문을
있는 그대로 나 너 삶에의, 앎

1. 이사 11, 6

겨울나무

상혼에 이 겨울 잘 보낼 수 있을지 모르시겠다고

그러지 마시라고 그러려다 말았다.

새가 밟고 간 자리도 자국

새살 돋을지 모르시겠다는 파고드는 슬픔

지새우며 기도드릴 뿐

흐르는 강물 울어댈 때

봄밤

시커먼 밤
감파른 맘

골방
기도

목마른
저잣거리

당신,
뵙니다.

성당 첨탑
십자가

봄빛
파릇파릇

주섬주섬
의심믿음

비둘기

고통이 고통인 건
작은 형상의 나 안

타래타래 걸음걸음

당신, 계시는지요.
고통이 짙은 심연

라뿌니![1]

심연에 앓는 사람아
와서 맛보라.

그리스도의 잔

1. 라뿌니: 스승님이라는 뜻의 히브리 말이다. 여기서 스승님은 부활하신 예수님을 지
   칭한다.

님이여

당신의 아드님이
십자가에서 돌아가실 때
그것을 청하신
사랑 많은 당신이
어떠셨는지
짐작합니다.

겟세마니 언덕서
피땀을 흘리시며
이 잔을 제게서 거두어 주시라고
하나 당신 뜻대로 하시라고 한
당신의 아드님도
짐작합니다.

눈물방울
길 가 별 같은 개나리
집 앞 달 같은 민들레

동이 틀 무렵
당신의 아드님을 살리신 당신
당신에 의해 살아나신 당신의 아드님

광야

여름 늦은 오후
황금 박제 영혼
자박자박 부르트는
까치발

절정의 이방
흐르는 침묵
불가항력적 대면에서
당신의 얼굴

신비에
깨어난 영혼
겸허히 드리는 기도
오롯한 믿음

비둘기 2

싱싱한 올리브 잎을
부리에 물고 노아의 방주에 돌아온
너

희망을 조각조각 물고
세상을 깨우는 아침 나무 사이 나는
너

*

성전에 아기 예수님을 봉헌할 때
함께 제물이 된
너

지상에 닿고 닿아 하늘을 전하는
보랏빛 선한
너

시작

꾸짖음이신지요.

죽어가고 있는 지구

잃고 있는 목숨 산 들 밭 나무 강 둑 길 차 집. 울고 있는 많은 사람들

잘못했어요. 그래도 다시 일어나는 게 인간으로 우리는 배울 거예요. 잃고 있는 인류의 매듭을 풀라고요. 생명을 위하여 얽히고설킨 것을요. 더 상처 받기 전 더 치유하라고요. 모두 사랑으로 아픔을 경작하여, 푸르름이 천지를 덮어 숨 쉬게 하는

걷어붙이고 폐허의 잔해에서 땀범벅이실 당신

착한 목자[1]

장미꽃은 모를 거라.
가시

성당 제대 늘 꽂히는
하얀 꽃

당신 오신
당신 가신

꽃은 봤을 거
삼십삼 년간 지상

가시 돋는 거
장미꽃마냥 당신께

맑음 지키려는 자
바름 커나가는 자

1. 요한 10, 7~21 ('나는 착한 목자다' 참조)

인간

변방
소나무향

갈대밭서
기도

당신이시여,
저희 사는 세상은

인간,
그 따스하고 차갑고 복잡하고 더럽고 위대한 인간[1]

그리하여
당신을 십자가에 못 박으시오.

그리하여
당신처럼 서로 사랑하여라.

그리하여
모든 이를

1. 김정훈, ≪산 바람 하느님 그리고 나≫, 바오로딸, 2016, 270쪽

은행나뭇잎

은행나무
그 고유한 그루 마다
가지가지 빼꼭히 달린
푸른 잎

당신이 만드셨어요.

그랬어요.
자연의 화폭에
아름다움의 정수(精髓)
조화와 절제라는 배경

눈동자에 박힌 건 아름답게 산다는 거

비허: 모든 것 비우시고
당신이 만드셨다는
증거마저 비우시며
당신의 아드님을 믿음
당신의 아드님의 순종

당신과 당신의 아드님처럼 이라면

기도 2

침묵의 정원,
하아얀 안개꽃
붉은 장미
그 향기

충만함에 순간,
하늘은 푸르렀고
포옹하는 나뭇가지
당신이 오시네요.

나란하기도 한 나무 자라가기도

A는 만연체[1]의 수사(修辭)
B는 건조체[2]의 수사(修辭)

A는 늘 서늘하였다. 벽이 앞에 있는 것 같았다. 모호의 의미를 되새김질 하곤 하였다. 긴 기간 동안 그랬다. 그리고 어렴풋 짐작하게 되었다.

B는 침묵으로 말하고 있는 것은 아닐까 하고. 침묵 안에서 수많은 언어를 길러 내고 있었고 그것이 발화될 때는 단명한 문체의 옷을 입지 않을까 하고. 기실 그 언어를 보면 바탕에는 공감의 태도로 진실과 진리가 그윽하다. A는 B와의 대화에서 따스하고 깊은 경청으로 그 언어의 의미를 헤아리려 한다. 그 배경이 되는 고유한 침묵의 맥락을 곱씹어 사유하며

1. 만연체: 설명적인 어구를 많이 써서 문장의 호흡이 긴 문체
2. 건조체: 수식어 없이 필요한 말만 쓰는 문체

상실의 나무에 돋아나는 새순

초록 천지 한여름
잎사귀

고인

검푸른 어스름
가을날의 이방(異邦)

두레박질

많은 안개꽃
사슴 같은 눈빛

창틀 넘어 고요히

가치와 해석의 문양이
존재만으로 귀한 당신들입니다.

곡진한 결곡한 진정성

가을날

이 가을
분홍
코스모스 당신

이 가을
검붉은 잎새
툭 내리며 포옥 안기는

이 가을
유약한 밭서 부드러운 인내로
맺는 열매

이 가을
점점 그늘져가는 변두리
보름달 같이 만개하는 선함을

당신으로 영그는 모든 것인 삶
당신 함께하심으로 익어가는 혼(魂)

해설

우리는 누구를 기다리는가?

"모든 사람을 비추는
참빛이 세상에 왔다."
—요한복음 1장 9절

김상용(가톨릭예수회 사제, 시인, 문학평론가)

그곳에 간 것은 순전히 기억 때문이었다. 나는 아침 일찍 역으로 향하여 대학 시절 엠티 장소로 유명했던 D마을로 향했다. 한파주의보가 내린데다가 오후에 눈까지 예고되어 있어서 잠시 주춤하기도 했지만, 나는 결국 그곳으로 향했다. 용산역에서 출발한 열차는 차창 유리에 짙은 서리를 머금은 채 간밤의 한기를 그대로 이고 목적지로 향했다. 나는 대학 시절 문학 동아리의 친구들과 그곳에서 엠티를 자주 갔곤 하였다. 비교적 말이 없는 편은 지금이나 그때나 여전하여서 친구들이 나를 기억하는 방식은 늘 어느 문학 동아리가 그러하듯이 질펀한 술판이 끝나고 그 뒷수습을 하는 모습에서 나를 항상 떠올리곤 했다. 그날도 모두가 잠든 밤, 이리저리 나뒹구는 술병을 차곡히 챙겨 뒷정리를 하는 나에게 민박집 발코니 옆 창문 즈음에서 소리가 들렸다.

"우와~~!"

나는 누군가 있으려니 생각하고 내 할 일을 하고 있었다. 그때, 그러한 나의 무심함을 규탄이라도 하듯, 연신 이 감탄사는 연발하여 들려왔고, 밤바람에 발코니 앞으로 쳐 두었던 커튼의 끝자락이 살짝씩 흔들릴 즈음, 누군가 당시 호수를 향해 있었던 방 베란다 밖에서 맨발로 서 있는 모습이 잠깐 보였다 사라졌다. 나는 내 할 일을 하고 싶었고 그렇게 했다. 그때, 더는 안되겠다는 듯이 커튼 자락이 거두어지고 얼굴이 빼꼼 보였다.

"같이 나와서 이거 볼래?"

커튼에 얼굴이 묻어 나온 친구는 당시 문학 동아리 회장인 P였다. 그의 얼굴 뒤로 어디서 챙겨왔는지 조그만 삼각대에 단안 망원경이 앙증스럽게 서 있었다. 지금의 천체 망원경이라고 하기에는 민망한 수준이었지만 분명히 망원경이었다. 나는 쓸던 빗자루를 한 곳에 잘 세워두고 그에게 다가갔다. 그리고 그의 안내로 호수 위로 떠 있는 까마득히 먼 별자리를 난생 처음으로 시야에 또렷이 새길 수 있었다.

그 당시, 나는 그의 설명대로 오리온좌부터 마차부자리, 그리고 황소자리까지 차근히 살펴보았던 경이로운 체험을 하게 된 것이다.

나는 이제 시인이 된 그 당시의 친구들을 하나 둘 떠올리며 '아직' 시인이 되지 못한 그를 생각했다. 그리고 그가 무엇을 기다리고 있을 것이

란 스스로의 착각으로 꿈 많던 D마을로 향하기로 마음먹었다.

나는 이번 새로운 시집을 낸 이채현 시인의 최근 작품들을 차근히 읽어가며 시인이 무엇을 간절히 기다리고 있다는 생각을 하게 되었다. 그리고 그 기다림은 '어둔 밤 순수한 영혼'이 느낄 수 있는 감수성이라는 것과 바로 그 감정이 너무도 간절하기에 그대로 진실하다는 느낌을 가지게 되었다.

발이 부르트고

날개가 상처인

어둔 밤 연유:

희화화된 무기력한 선

상상에 나올 듯한 세상

깊고 너른 어두운 지평

굵은 핏줄 불거진 군중

이 싱그러운 계절

울먹울먹 울어버렸네.

당신 매달리신 십자가

가슴팍에 얼굴 묻고

참포도나무 향기로 안으시네.

애야,

ㅡ〈은하수〉 전문

나의 옛 기억을 고스란히 살아나게 한 것은 〈은하수〉라는 시 전문을 읽고 나서부터다. 시인은 자신의 순수한 진실을 자꾸만 희화화하는 세상에 대해 '무기력하다'고 고백한다. 이 무기력함은 가톨릭 신학에서 '십자가 사건'이라고 칭하는 예수의 처형 사건을 떠올리게 한다. 요한복음에서 전하는 빌라도와 예수의 만남은 이 시를 자꾸만 소환하게 한다. 이 세상의 시선으로 상징되는 빌라도는 예수에게 단도직입적으로 다음과 같이 묻는다.

"빌라도: 진리가 무엇이오?"(요한복음 18장 38절)

하지만, 어찌된 영문인지 예수는 그의 이러한 물음 앞에 아무런 답변을 하지 않으신다. 마치 시인의 말처럼 세상이 희화화한 무기력한 선(善)을 보는 듯하다. 예수의 침묵은 답변을 하지 않은 것이 아니고, 바로 자신의 존재 그 전체로 항변할 이유도 없이 자기 자신이 '진리 자체'인 상태를 현현(revelation)한 것처럼, 시인은 이 시집 전체를 관통하며 〈은하수〉라는 시에서 언급하였듯이 무기력한 자신의 그 선함에 기대어 모든 시어들을 고른 흔적이 역력하다.

파리한 꽃잎의 목숨에 지금, 한데 당신을 조금 알아버렸네.
매달려 못 박힌 십자가에서까지 곡진한 당신, 인간이 무엇이기에
　　　　　　　　　　　　　　　　　　　　―〈꼬박 새벽 문 앞에 놓인 전갈인가요〉 부분

이 무기력함은 고독과 외로움 그리고 심지어는 자기파괴적인 고통을 동반하기에 시집 전체에 드러난 고통의 얼굴은 자못 인간의 형상을 할 수 없을 만큼 참혹히 매 맞으신 예수의 얼굴을 떠올리게 한다.

고통이 고통인 건
작은 형상의 나 안

타래타래 걸음걸음

당신, 계시는지요.
고통이 짙은 심연

—〈비둘기〉 부분

시인의 영혼 안에 깃든 견딜 수 없는 고통의 흔적은 어떤 물음 하나를 낳게 한다. 당신, 이라는 절대타자다. 고통의 심연에서 부르는 이 호명은 간절하다 못해 비장하고 그 비장함을 넘어 처참하기까지 하다. 왜냐하면, 우리의 삶 가운데 이 고통의 대면 앞에서 부르는 타자의 호명은 대부분 공허할 뿐인 것으로 되돌아오는 빈 메아리처럼 느껴질 때가 많기 때문이다. 하지만, 시인은 바로 여기서 시작하는 것이 '신앙(Pistis)'이라고 역설하는 듯하다.

당신의 아드님이

십자가에서 돌아가실 때
그것을 청하신
사랑 많은 당신이
어떠셨는지
짐작합니다.

겟세마니 언덕서
피땀을 흘리시며
이 잔을 제게서 거두어 주시라고
하나 당신 뜻대로 하시라고 한
당신의 아드님도
짐작합니다.

눈물방울
길 가 별 같은 개나리
집 앞 달 같은 민들레

동이 틀 무렵
당신의 아드님을 살리신 당신
당신에 의해 살아나신 당신의 아드님

—〈님이여〉 전문

이 시에서 '당신에 의해 살아나신 당신의 아드님'이라는 대목은 이렇게 치환할 수 있을 것 같다. '고통에 의해 거듭 부활하신 당신의 사랑.' 시가 처음 문단을 바꿔 시작할 때 '동이 틀 무렵'이라고 언지해 주듯, 신앙은 '희망(Spes)'의 또 다른 이름이기도 하다. 우리의 삶과 인생이 고통 그 자체로서만 존재한다면 누가 이 고통을 받아들일 수 있을 것인가. 오히려, 이 고통의 끝에 나를 다시 살리시는 그분의 사랑이 기다리고 있기 때문에 내 인생에 마침내 동이 틀 무렵을 기다리는 것 아닐까.

영혼의 뜰
마른 모래
파삭파삭 나뭇잎

살아가야 할
이유를 찾는다면
님

—〈사랑 그리고 희망〉 부분

나는 이채현 시인의 시집을 읽으며 빌라도로 상징되는 이 세상의 물음이 다시 떠올랐다. 진리가 무엇인지 진짜 궁금해서가 아니라, 세상의 희화화한 물음 안에 도저하게 묻어 있는 약자들에게 향한 도발적이고 폭력적인 저 지식들 모두를 불온하게 만드는 시인의 순수한 시어들이 떠올라서다. 세상이 희화화한 진리를 시인 혼자만 보고 있다는 의식을

시인은 두려워한다. 시인이 간직한 순수한 영혼이 이 두려움을 침묵의
계절이라 부르고 있다.

　나만 보았나 봐.

　그래서 몰랐나 봐.

　숲속 깊어가는 침묵의 계절이 오고 있다는 거

―〈숲속〉 부분

　D마을에 도착하여 역에 내리자마자 주먹만한 눈송이가 펄펄 내리고
있었다. 나는 예전 엠티 장소였던 민박집 근처로 발길을 옮겼다. 세월
을 두고 그 아름드리 벚나무 숲이 그대로 그곳에 아름다운 정경을 간직
해 주고 있었다. 나는 호수가 마주보이는 곳을 눈을 소복하게 맞으며 발
길을 옮겼다. 생각해보면, 내가 왜 이곳에 그토록 오고 싶어 했는지 깨
달은 것 같다. 그날, 그 저녁에 가진 것이 미천했던 그 순수의 시대에 '아
직 시인이 되지 못한 벗'이 내게 건네줬던 이 말 때문이다.

　"와서 함께 볼래?"

　이미 세상은 '함께'라는 단어를 상실한 지 오래다. 그리고 같은 시선
으로 무엇인가를 응시한다는 환희가 사실, 우리 인간만이 지닌 감각,
곧 공감(sympathy)이라는 것을 그 친구는 나에게 가르쳐 주었다.

　나는 이미 예전의 민박집 자리에 3층 건물이 들어서 있는 그곳 3층

카페에서 날이 어두워지도록 오래오래 있었다. 창밖의 눈은 이미 얼은 호수 위를 덮고 있어서 세상이 모두 하얗게 변해 가고 있었다. 그 오래 전에 나와 함께 천체의 별자리를 함께 보았던 그 시선이 다다랐던 별자리들이 이제는 부드러운 눈이 되어 하얗게 하얗게 지상으로 강림하듯 암연히 떨어지고 있다.

꽃수레 기도잎

ⓒ이채현, 2024

1판 1쇄 인쇄__2024년 04월 10일
1판 1쇄 발행__2024년 04월 20일

지은이__이채현
펴낸이__양정섭

펴낸곳__경진출판
　　　등록__제2010-000004호
　　　사업장주소__서울특별시 금천구 시흥대로 57길 17(시흥동) 영광빌딩 203호
　　　전화__070-7550-7776　팩스__02-806-7282
　　　홈페이지__https://mykyungjin.tistory.com
　　　이메일__mykyungjin@daum.net

값　12,000원
ISBN　979-11-93985-14-4　03810